AF468310

L'ART D'AIMER.

POEME

EN TROIS CHANTS.

Par Monsieur D'ALEGRE.

A PARIS,

Chez PRAULT pere, Quay de Gêvres, au Paradis.

M. DCC. XXXVII.

Avec Approbation & Privilége du Roi.

L'ART D'AIMER.

CHANT PREMIER.

NON, je ne prétends point d'une indiscrette voix
Legislateur nouveau, prescrire ici des loix;
Plus sage en mes transports, je viens seulement dire
Les tendres sentimens que la Nature inspire:
Cette Mere prudente, en nous mettant au jour,
Souffla dans tous les cœurs les brasiers de l'Amour;
Elle nous forma tous propres pour la tendresse,
Et c'est en l'Art d'aimer la premiere maîtresse.
O, vous! donc, qui déja par la Nature instruits,
Vous sentez vers l'Amour, d'un doux panchant, conduits,
Suivez de ce Vainqueur les flatteuses amorces.
Vous ne tenterez rien au-dessus de vos forces,
Si par le tour adroit d'un genie amoureux,
A la Nature encor vous joignez l'Art heureux,
L'Amour n'est qu'un enfant; bien qu'il semble sauvage,
On reduit aisément les Fiertés de son âge;
Et tout mutin qu'il est, on le voit tôt ou tard,
Plier docilement sous les efforts de l'Art.
Loin d'ici ces amans, troupe froide & mourante,
Qui, d'une ame déja sur les lévres errante,
Vont offrir à l'Amour des vœux foibles & lents,

Reste impur des ardeurs de leurs cœurs impuissans:
Fuyez rebut d'Amour : Je veux, pour la tendresse,
Tout ce qu'a de transports la boüillante Jeunesse;
Et tout ce que l'Etna peut enfanter de feux,
Je veux le voir briller dans un cœur amoureux.
Vous! donc, dignes Sujets de l'amoureux Empire;
Qui brûlez des ardeurs que la Jeunesse inspire,
Et qui d'un tendre Amour sentez les premiers traits;
Lisez, lisez ces Vers, pour vous seuls ils sont faits:
Je cours avecque vous dans la même carriere;
Heureux! si, nous couvrant d'une noble poussiere,
De nos feux à la fin nous remportons le prix!
Amour! inspire-moi, c'est pour toi que j'écris.
Et vous, beaux yeux d'Iris, brillans globes de flâme,
Faites passer vos feux dans le fond de mon ame;
Venez guider mes pas sur le sacré Vallon,
Un seul de vos regards vaudra mieux qu'Apollon.

AMANS qui consacrez vos cœurs à la tendresse,
Faites choix, avant tout, d'une jeune Maîtresse
Qui merite l'encens que vous lui presentez,
Et ne rougissez pas des fers que vous portez.
Les goûts sont differens, il en est de tout âge,
Chacun, diversement, dans son choix se partage;
L'un, sur un cœur novice établit ses desirs,
D'un cœur déja touché, l'autre veut des soupirs;
Celui-ci se sent pris par les yeux d'une Brune,
Et cet autre à la Blonde attache sa fortune :
Mais, quoique vous fassiez, par un choix trop hâté,
N'allez pas vous regler sur la seule Beauté,

C'eſt toûjours en amour le bien le plus volage,
Et ce n'eſt pas ſouvent ce qui plaît davantage.
Comme on voit au matin une éclatante Fleur,
Qui, ſur l'émail des prés fait briller ſa fraîcheur,
Sécher le même jour ſur la terre couchée,
Si ſa fragile tige eſt par le fer tranchée :
Telle eſt de la Beauté la durée & l'éclat;
De tous les dons du Ciel c'eſt le plus délicat,
Un ſouffle le ternit, il eſt ravi par l'âge,
Je ne ſuis point ſenſible aux traits d'un beau Viſage,
Quand la Nature avare, en formant un beau Corps,
N'a pas ſur l'Ame auſſi répandu ſes tréſors.
Une rare Beauté peu faite en l'art de plaire,
Fait ſouvent remarquer, avec un œil ſévere,
Bien moins les dons qu'elle a que ceux qu'elle n'a pas.
J'aimerois mieux Cloris avecque moins d'appas,
Qu'une ſotte Philis de fierté hériſſée,
Qui, de ſes froids attraits toujours embarraſſée,
Détruit dans tous les cœurs, l'ouvrage de ſes yeux;
Semblable à cet Aiman, l'écueil des curieux,
Qu'on voit en même tems un double effet produire,
Répouſſant d'un côté le fer que l'autre attire.
Evitez ces Beautés rebelles à l'Amour,
Qui, pour répondre un *non*, rêveront tout un jour;
Qu'on aille, ſi l'on veut, ainſi qu'une ſtatuë,
Au haut d'un pied d'eſtal les expoſer en vûë;
Mais qu'on n'en faſſe point une attache de cœur.
Arrêtez-vous, ſur tout, à l'eſprit, à l'humeur,
Laiſſez-vous entraîner à de ſi puiſſans charmes;

C'est à ces qualités qu'il faut rendre les armes ;
Mais fuyez un objet qui n'a pas des talens,
Capables d'échaper au naufrage des ans.
L'esprit, sans la beauté, peut seul nous satisfaire,
La beauté sans l'esprit ne sçauroit longtems plaire.
On s'accoûtume même à la difformité ;
Mais on ne se fait point à la stupidité.
Qu'à l'Objet de vos vœux votre humeur assortie,
Serre les doux liens que fait la sympathie ;
N'allez pas hardiment joindre du même nœud,
Le Ciel avec la Terre, & l'Onde avec le feu :
Connoissez-vous vous même, & faites votre étude
D'unir adroitement l'Amant sage, à la Prude,
La Vive à l'Enjoüé. Qu'une Fille à quinze ans,
Ne soit pas les amours des Barbons froids & lents.
Si vous ne mettez pas ce conseil en usage,
Vous vous forgez les fers d'un cruel esclavage,
Et vous vous ouvrez même une source d'ennuis.
Vous donc, qui dans vos feux par la raison conduits,
Avez sçu faire un choix qui doit vous satisfaire,
Il faut, à votre tour, que vous songiez à plaire ;
Il faut vous faire aimer, & pour y parvenir,
Il est plus d'un chemin que vous devez tenir.
L'Oiseleur dans les bois, de sa main meurtriere,
Fait la guerre aux Oiseaux en plus d'une maniere ;
L'un, sortant des gluaux s'engage au trébuchet,
Et l'autre est pris aux Nœuds d'un perfide filet.
Celui qui, conduisant sa barque vagabonde
Aux peuples écaillés, tend des piéges sous l'Onde ;

Connoît bien par son art, quel sera le Poisson.
Qu'il prendra dans la nace ou bien à l'ameçon :
Tel l'Amant qui connoît l'humeur de sa Maîtresse,
Ne peut être long-tems à gagner sa tendresse ;
Il se fait une loi de n'offrir en tous lieux,
Que ce qui peut charmer, ou son cœur ou ses yeux.
Cephise aime la Danse, & Philis la Musique,
Lise est pour le Spectacle, Iris d'Esprit se pique ;
Menez Cephise au Bal, & Philis aux Concerts ;
A Lise, offrez les jeux, chantez Iris en vers ;
Un tendre Madrigal, à qui le sçait bien faire,
Est ainsi qu'autre fois un grand secours pour plaire,
C'est un poison charmant qui s'empare des cœurs
Et les Vers en amour sont de grands seducteurs.
Mais je ne puis souffrir que d'une encre insipide
Hylas n'ayant jamais qu'un fade amour pour guide,
Ose tracer des Vers, & d'un ton ennuyeux,
Parle sans autre aveu le langage des Dieux.
On peut en deux façons dire la même chose ;
Faites vous mal des Vers ? Expliquez-vous en Prose :
Mais, qu'en tous vos écrits vos tendres sentimens
Ne soient pas composés des débris du bon sens ;
Déployez-y toujours moins d'art que de tendresse.
Il arrive d'abord qu'une jeune Maîtresse,
Timide en ses amours, sans rompre le cachet,
Renvoye assez souvent votre premier Billet,
Laissez agir sa crainte, au second moins sévere,
L'Amour l'affranchira d'un devoir trop austere.
Si du silence encor elle garde les loix,

Esperez la réponse à la troisiéme fois.
Agamemnon campé sur les bords du Scamandre ;
Fut dix ans devant Troye avant que de la prendre :
Tout viendra dans son tems. Sur tout que vos écrits,
Tirent d'un stile aisé leur mérite & leur prix ;
Je méprise un Amant, quand, à perte de vûë,
Dans un tendre Billet, il se perd dans la nuë,
Et croit, mal à propos, que pour écrire bien ;
Il faut qu'à son discours on ne comprenne rien.
Ainsi qu'en vos écrits, en tout ce que vous faites ;
Suivez de la raison les lumiéres secrettes.
N'allez pas sottement, dans de tendres amours ;
A des emportemens sans cesse avoir recours,
Et sur tout, évitez ces transports de folie,
Qui marquent moins d'amour qu'un excès de furie.
N'offrez point aux regards aucun spectacle affreux ;
Le véritable Amour n'a point un air fougueux ;
Avec plus de raison & moins de violence,
A force de respects, de soins, de complaisance ;
Vous pouvez mieux prouver l'excès de votre amour.
Ne vous rebutez point, vous verrez quelque jour
Ses mépris, ses froideurs servir à votre gloire,
Et rehausser l'éclat d'une sûre victoire.

L'Or, pour de certains cœurs, a des charmes puissans.
Avant que les mortels encor purs, innocens,
Et qui ne trembloient point aux éclats du tonnerre,
Avec un fer avare eussent ouvert la Terre
Pour voler des trésors échapés à leurs yeux,

Et se fussent creusé des perils précieux ;
Avant que de nos jours, dans des grottes profondes ;
Le luxe eût fait chercher les perles sous les Ondes ;
Tailler le diamant, enchasser les rubis,
Et d'or à gros boüillons enrichir les habits,
L'esprit & la douceur, le merite & l'adresse,
Etoient les seuls efforts pour vaincre une Maîtresse ;
Mais ces presens des Dieux n'ont plus rien de charmant,
Et c'est au poids de l'or que l'on peze un Amant ;
Vous avez, j'en conviens, le tour d'esprit d'Ovide,
La beauté de Narcisse, & la valeur d'Alcide ;
Cela ne suffit pas toujours pour être heureux.
Pour de mortels appas, Jupiter amoureux,
De la voûte des Cieux fondant en or liquide,
Corrompit Danaé sous ce métal perfide ;
Autant qu'aucun mortel il avoit des appas,
Il sçavoit l'art de plaire, il ne s'en servit pas :
D'un coup il eût reduit la Tour d'airain en poudre ;
Mais un peu d'Or fit plus que n'auroit fait la Foudre,
Puisqu'il rendit sensible un cœur fier indompté,
Que la Foudre en tombant n'auroit qu'épouvanté.
Quelqu'effet qu'en un cœur un riche Don opere,
Je veux, sans ce secours, qu'un Amant sache plaire,
Et que ce ne soit pas une prodigue main,
Qui, toujours à l'Amour aille ouvrir le chemin :
Ah ! que j'aime ces cœurs près de qui le mérite,
Est pour un tendre Amant, tout ce qui sollicite,
Et qui n'éxigeant point le prix de leurs appas,

Se rendent à l'Amour & ne se vendent pas ;
Mais pour un de ces cœurs, j'en vois tous les jours
mille
Faire de leurs attraits un commerce serville.
Perissent mille fois ces ames sans honneur,
Qui font l'amour à gage & trafiquent d'un cœur.
Ce n'est point en aimant que l'on fait sa fortune,
Allez, interessés, sur les flots de Neptune,
Serpentans du midi jusqu'aux plus froids climats,
Meriter les trésors, l'Amour n'en donne pas ;
En voguant sur les mers de l'amoureux empire,
Ce n'est qu'au seul plaisir qu'un tendre cœur aspire ;
Et ce plaisir tout seul vaut encor cent fois mieux,
Que tout ce que le Gange a de plus précieux.
Rejettez loin de vous les indignes molesses,
Des cœurs effeminés ordinaires foiblesses ;
Par vous mêmes plaisez, soyez propres sans art ;
Délicats sans molesse, agréables sans fard,
Que les vains ornemens fassent tout le mérite
D'un lâche Assyrien, ou d'un mol Sybarite.
Vous, qui d'autres talens fûtes avantagés,
Faites-vous distinguer dans des airs négligés ;
Mais qu'on ne dise point que votre main badine
Etale les attraits d'une mouche assasine,
Et n'empruntez jamais votre teint d'un marchand :
La pâleur quelquefois sied au front d'un Amant.
Laissez cet attirail à ces femmes coquettes,
Qui tiennent le Printemps esclave à leurs toillettes,
Et font naître, en prenant des visages divers,

Les roses & les lys au milieu des hyvers.
Sous les drapeaux d'Amour, si connus sur la terre,
Ainsi que le Soldat, un Amant fait la guerre;
Tous deux doivent braver dans leur noble métier,
Les Soleils de Juillet, les frimats de Janvier,
Suivre d'un ennemi la démarche infidelle,
Faire le guet la nuit, & le jour sentinelle:
Qui ne peut resister à ces travaux guerriers,
Ne doit point de l'Amour attendre de Lauriers.
Qu'il aille, cet Amant, dans un dortoir de Moines;
Ou dans le doux réduit d'un cloître de Chanoines:
Braver là, d'un cœur mâle, & l'Hyver & l'Eté,
Au sein de la Molesse & de l'Oisiveté.

Fin du premier Chant.

CHANT SECOND.

AU pied d'un affreux Mont, dont le front orgueilleux,
Se derobe à la vûë, & va percer les Cieux,
Est un obscur Vallon, où jamais la Nature,
D'un aimable Printemps ne fit voir la peinture;
Mais un Hyver sans fin s'y fait de toutes parts,
De neige & de glaçons, d'invincibles remparts,
Souffle des tourbillons pour ébranler le Monde,
Et des fougueux Torrens enchaîne & durcit l'Onde:
Là, le plus fier Mortel n'osa jamais entrer,
Et le Jour même enfin, craignit d'y pénétrer.
Dans ce triste séjour, sous la Roche pendante;
On voit d'un Antre obscur l'ouverture effrayante;
Qui, dans les noirs détours de son sein ténebreux,
Nourrit depuis long-tems un Monstre horrible, affreux;
Mille serpens sanglans entortillent sa tête;
A souffler le poison sa bouche est toujours prête;
Ses yeux creux & hagards, son teint décoloré,
Expriment les tourmens dont il est dévoré,
Et l'Enfer en courroux, ne vomiroit qu'à peine,
Un objet plus hydeux, sous une forme humaine.
Ce Monstre est cependant fils du plus beau des Dieux;
Né d'un enfant aveugle, il voit tout par cent yeux.
Son pere est son bourreau, son plaisir fait sa peine,
Il aime d'un amour qui ressemble à la haine;

Tous ses yeux sont ouverts & la nuit & le jour
Et ne peut rompre enfin, ni vivre avec l'Amour.
Ennemi des Amans, il n'est point qu'où l'on aime;
Il se nourrit du mal qu'il se fait à lui même,
Il cherche son tourment, il vit de sa douleur;
Le repos n'eut jamais de place dans son cœur,
D'un poison froid & lent, il entretient sa vie;
C'est, le dirai-je enfin, l'affreuse Jalousie:
Ce Monstre se consume en projets superflus;
Il voit, il entend tout, il en croit encor plus;
Il est, malgré ses soins & ses constantes veilles,
Aveugle avec cent yeux, sourd avec cent oreilles;
On voit incessamment voler autour de lui
Les soupçons devorans & le mortel Ennui.
Les cruels habitans de cette Grotte horrible,
Enfans infortunés de ce Monstre terrible,
Sont les Chagrins cuisans, l'implacable Fureur;
L'Envie au teint livide, & la pâle Terreur,
Le Desespoir fatal, la Discorde sanglante,
L'Erreur au double front, & la Rage écumante.
Si ce Monstre jamais ne sortoit de ces lieux,
Amans, vous le sçavez, tout n'en iroit que mieux;
Mais puisqu'un fier Demon, fatal à notre vie,
A toujours à l'Amour uni la Jalousie,
Et qu'on ne peut aimer sans ressentir ses coups,
Amans, je le veux bien, soyez un peu jaloux:
Mais qu'à travers des maux d'une jalouse peine;
On puisse distinguer l'Amour d'avec la Haine,
Non pas comme Alidor, qui sans cesse inquiet;

Laisse toujours douter s'il aime, ou bien s'il hait;
Et qui cent fois le jour de tout prenant ombrage,
D'un Rival à ses yeux, croit voir voler l'image.
Laissez votre Maîtresse arbitre de ses feux.
Si vous n'êtes encor l'Amant le plus heureux,
Vantez-vous d'être au moins l'Amant le plus fidelle:
N'allez pas, sans raison, lui faire une querelle;
Etouffez vos chagrins. Tout paroît rebutant
Dans un Amant fâcheux qui s'explique en grondant,
Il est certains esprits à la douceur rebelles,
Qui, toujours irrités de disputes nouvelles,
Croyent avoir rempli les devoirs de l'Amour,
Quand ils n'ont querellé que dix fois en un jour;
Tels Amans, si ce nom leur convient, auroient peine
A faire aller plus loin les excès de la Haine.
A l'objet de vos feux cedez aveuglément;
Ne craignez point d'errer avec son sentiment,
Embrassez-le toujours juste ou faux, il n'importe;
Bien qu'en votre faveur la raison soit moins forte,
Votre esprit & l'Amour vaincront tout sans effort,
Le parti de ce Dieu fut toujours le plus fort;
Craignez qu'un mot piquant ne lui coûte des larmes,
Evitez les débats, portez ailleurs ces armes;
Mais, dans son tendre cœur, n'y portez que l'Amour.
Loüez ses beaux cheveux, & son bras fait au tour;
Dites-lui que les Dieux, les arbitres du Monde,
Sont moins fiers d'être auteurs de la machine ronde,
Que d'avoir achevé ses yeux si pleins d'attraits,

Où l'Amour va puiser les plus sûrs de ses traits;
Que les Ris sur sa bouche à l'envi prennent place;
Que sa lévre fait honte aux rubis qu'elle efface:
Dites-lui que ses dents, plus pures que l'émail,
Sont des Perles aux yeux mises dans du corail;
Que son air est charmant, sa taille incomparable;
Enfin, pour être aimé, l'on doit se rendre aimable,
Et par d'adroits détours se glisser dans les cœurs.
  Choisissez votre tems pour dire vos langueurs,
Le prudent laboureur prend le tems favorable
Pour répandre le grain à ses champs convenable,
Et saisit le jour propre à tracer des sillons.
Celui, qui sur les eaux, au gré des Aquilons,
Veut en d'autres climats faire un douteux voyage,
Attend un heureux vent pour quitter le rivage.
Cherchez donc le tems propre à vos tendres amours,
Faites choix prudemmeut, & des lieux & des jours;
Je sçai bien qu'en tout tems un doux Instinct dans l'Ame,
Entretient les ardeurs d'une amoureuse Flâme,
Soit quand l'hyver affreux vient blanchir nos guerets,
Ou que l'Eté jaunit les tresors de Céres;
Cependant au retour de la vive hyrondelle,
Quand la Nature aux yeux par tout se renouvelle,
Que l'on voit dans les champs les amoureux Zéphirs,
Flatter Flore, en naissant de leurs premiers soupirs;
Quand de naissantes fleurs, la Terre en tous lieux brille,
C'est alors que ce feu plus que jamais petille,

Et c'eſt alors auſſi que je veux qu'un Amant
Renouvelle ſes ſoins & ſon empreſſément.
Heureux, qui dans ces tems, ſeul avec ſa Maîtreſſe,
Peut, à l'ombre des Bois, parler de ſa tendreſſe;
Là, ſur les bords fleuris d'un aimable Ruiſſeau
Qui, ſur un lit d'argent fait murmurer ſon eau,
Embraſé des ardeurs d'une flamme nouvelle,
Il lui jure à ſes pieds une Amour éternelle,
Il appelle à témoins de ſes ſermens nouveaux,
Tous les Dieux du Bocage, & les Nymphes des Eaux.
La Naïade à ce bruit fend ſon criſtal liquide,
Le Sylvain attentif voit tout d'un œil avide;
Mais pour ne pas troubler un entretien ſi beau,
L'humide Déïté ſe replonge dans l'eau.
Le Faune auſſi diſcret, quoique jaloux, s'efforce
Au fonds des arbres creux de ſe couvrir d'écorce.
Tout fait place aux Amours dans ce ſéjour heureux,
Les uns nonchalamment folâtrent au tour d'eux,
D'autres forgent des traits; quelques-uns, de leurs aîles
Irritent les braſiers de ces flammes ſi belles,
Et d'autres, occupés à répandre des Fleurs,
De la Rive émaillée enlevent les couleurs.
Un tendre Amant, pour lors, laiſſe échaper des larmes,
La Belle s'en émeut, elle céde à ſes armes;
Et, malgré les efforts d'une trop foible main,
Elle laiſſe ravir un baiſer ſur ſon ſein....

Mais, ma Muse, arrêtez ; quelle est votre imprudence ?
Voyez-vous les Amours vous imposer silence,
D'un doigt respectueux sur leur bouche étendu.
O, mes Dieux ! j'obéïs. Mais mon Vers suspendu,
Cachera des plaisirs dont le céleste Empire
Pourroit être jaloux à les entendre dire.
Non, je ne vous plains point, trop fortunés Amans,
Quel que soit désormais l'excès de vos tourmens,
Si vous pouvez compter, en toute votre vie ;
Un de ces jours si beaux & si dignes d'envie.
Que d'un heureux Amour les charmantes faveurs
Ne fassent cependant qu'exciter vos ardeurs :
Mais, sur tout n'allez pas, d'une voix indiscrette,
Pour les compter par tout emboucher la trompette.
J'en vois dans les faveurs s'estimer malheureux,
Si l'Univers entier n'en est instruit comme eux.
Fuyez de ce défaut la vanité coupable,
C'est à votre bonheur un obstacle indomptable ;
Et tel, de son amour eût remporté le prix,
S'il eût tû le baiser pris sur la main d'Iris.
Les plaisirs de l'Amour sont fades sans mystere,
Et c'est les mériter que de les sçavoir taire.
On dit, à ce sujet, que lorsque dans les Cieux,
Bacchus au teint fleuri fut mis au rang des Dieux,
Il fit par un Banquet dans la Voûte azurée,
Admirer son bon goût à la Troupe sacrée;
De Chypre & de Falerne on vuida les celliers,
Les fins Vins de Scio furent pris les premiers ;

Ce que de plus exquis la Champagne fertile
Foule dans les Pressoirs qu'a maintenant Fourille,
Tout servit à l'honneur de ce repas divin;
Pour la premiere fois l'Amour y but du vin,
Et n'en eut pas plûtôt deux verres dans la tête,
Que de son vain caquet il vint troubler la fête.
Il apprit dans les Cieux les ruses, les détours
Dont Jupiter adroit se sert dans ses amours;
On l'ouït bégayer d'une langue mal sûre,
De Mars & de Vénus la burlesque avanture,
Les ardeurs d'Apollon pour un objet touchant,
Les larcins de Mercure; enfin, il en dit tant,
Qu'il mit tout dans le Ciel en un désordre extrême.
Craignez, dans vos excès, qu'il n'arrive de même,
Non pas qu'à votre Amour je défende le vin,
Comme fait au malade un fade Médecin;
Bacchus est trop heureux, ce Dieu dans ses saillies,
Va réveiller souvent des flammes amorties;
L'Amour sied bien à Table, & c'est pour un enfant,
De tous les autres lieux le lieu le plus charmant.
Goûtez donc ce plaisir; c'est-là, qu'avec adresse,
Vous pouvez aisément plaire à votre Maîtresse.
N'épargnez pas vos soins, soyez près d'elle assis,
Servez-lui ce qu'au goût la table aura d'exquis
Ne mangez que des mets où sa belle main touche;
Pour boire, choisissez le verre que sa bouche
Peut avoir, avant vous, d'un doux baiser flatté,
Et rendez le baiser de ce même côté.
Buvez-vous à quelqu'un? Alors qu'un piéd fidéle

L'instruise

L'instruise que ces vœux ne se font que pour elle,
Que toutes les santés des hommes & des Dieux,
Vous intéressent moins qu'un regard de ses yeux.
Dès que vous sentirez que Bacchus, en votre ame
Aura versé l'ardeur de sa divine flamme,
Cedez avec plaisir à ces transports heureux;
Appellez parmi vous les Plaisirs & les Jeux,
Faites couler les flots & de vin & de joie;
Qu'en mots fins & piquans votre esprit se déploie.
L'Amour est avec vous, pourroit-il s'échaper
D'une aîle que Bacchus a pris soin de tremper?
Mêlez à vos plaisirs les tendres Chansonnettes.
Heureux qui peut alors, sur de promptes tablettes,
D'un Vers vif & brillant qui part comme un éclair,
Tracer une pensée assujettie à l'air!
Un jeune Objet qui sçait qu'à lui seul on veut plaire,
S'applaudit en secret de tout ce qu'il fait faire,
Et pour une Chanson donne souvent un cœur.
Du Lapithe bûvant, évitez la fureur.
Comme on voit le Soleil, par l'ardeur qu'il inspire,
Agir diversement sur la terre & la cire,
Tel le Vin s'imprimant sur différens sujets,
Produit du même feu de différens effets;
Il ouvre dans les uns la porte à l'Allégresse,
Sur d'autres il répand une sombre Tristesse;
Il attendrit des cœurs où ses feux font séjour,
Et dans d'autres souvent il va noyer l'Amour.
Avant qu'en votre esprit son ardeur soit plus forte,
Connoissez à quel prix la flamme vous emporte.

Un cœur où Bacchus régne en vain se veut masquer;
Les plus secrets défauts se font lors remarquer.
Fuyez un Vin brutal; une dure parole,
Sans reméde toujours part, outrage & s'envole;
Craignez donc que l'Amour, par un fâcheux destin,
Ne fasse pour jamais naufrage sur le Vin.

Fin du second Chant.

CHANT TROISIE'ME.

TEL qu'un Vaisseau leger que les Flots & les Vents
Par des coups redoublez ont combattu long-temps ;
Dirigeant vers le Sud une route incertaine,
Si les Vents ennemis répriment leur haleine
Pour laisser sur les eaux régner un vent du Nord,
Prend un essor rapide, & cingle vers le port ;
Tel un Amant qui fait sa route dangereuse
Sur les flots inconstans de la Mer amoureuse,
Après avoir long-temps essuyé des rigueurs,
Poussé de vains soupirs, & répandu des pleurs,
Vers le Port amoureux voit voler sa Chaloupe,
Les Amours à sa rame, & les Zéphirs en pouppe.
Mais n'allez pas, séduits d'un téméraire espoir,
De vos premiers succés, trop tôt vous prévaloir ;
Vous n'êtes pas encore à l'abri de l'orage,
Tous les jours à la rade on voit faire naufrage,
Et le Pilote enfin n'est point en sûreté,
Que l'ancre dans le Port ne le tienne arrêté.
Pressez votre Maîtresse, ayez toujours près d'elle,
De vos tendres amours un ministre fidéle,
Qui souvent le matin peignant ses beaux cheveux,
Puisse l'entretenir de vous & de vos feux ;
Qui, sondant prudemment les secrets de son ame,
Vous instruise avec soin de l'état de sa flamme ;

Diſſipe vos chagrins, banniſſe vos terreurs,
Et d'une aimable main vienne eſſuyer vos pleurs.
Car, ne vous flattez pas, dans votre ame abuſée,
Qu'un cœur ſoit en tout-temps une conquête aiſée;
Je compterois plûtôt de combien de Galans
La Saint-Gelon changea pendant ſes jeunes ans,
Ou combien en Eté d'Abeilles inquiettes
Livrent la guerre à Flore au tour du mont Hymettes,
Que les cruels tourmens & les vives douleurs
Que l'inflexible Amour apprête aux tendres cœurs.
Tous ſes traits ſont trempés de fiel & d'amertume,
Les pleurs ne font qu'aigrir les braziers qu'il allume;
Et, pour joüir enfin de ſes plus doux plaiſirs,
Il faut les acheter de ſoins & de ſoupirs.
Que n'en coûta-t-il point à la fidéle Alceſte?
Tu ſçais, cruel Amour! quel fut ſon ſort funeſte!
Non content de ſes pleurs, tu voulus que ſon ſang
Sortît à flots preſſés de ſon amoureux flanc,
Et que, perdant le jour, elle allât chez les Ombres,
Errer pour quelque temps ſur les rivages ſombres.
Les Dieux même, les Dieux, dans leur brillant ſéjour,
Peuvent-ils éviter les tourmens de l'Amour?
Jupiter pour Io ſent un cruel martyre,
Cybelle pour Athys inceſſamment ſoupire,
Apollon eſt en butte aux rigueurs de Daphné,
Et Pan eſt, par Syrinx, à ſouffrir condamné.
Si l'Amour pour les Dieux n'eſt pas exempt d'alarmes,

S'il leur fait ressentir la rigueur de ses armes,
Les mortels croiront-ils que pour eux tout exprès,
L'Amour veüille émousser la pointe de ses traits?
Non, non, c'est se flatter d'une espérance vaine,
Le plaisir en amour se mesure à la peine.
N'oubliez rien pour plaire à l'objet de vos feux,
Souvent les moindres soins ont un succès heureux?
Si par le doux effet d'une faveur secrette,
Vous étes quelquefois admis à sa toilette,
Profitez des momens, & ne rougissez pas
De tenir le miroir qui sert à ses appas;
Que votre adroite main alors se fasse gloire
D'arranger ses cheveux sous les dents de l'yvoire,
Et que la Belle doive aux soins de votre amour,
Tout le charme & l'éclat qu'elle aura dans le jour.
Ne craignez pas qu'un soin si charmant vous ravale,
Hercule, ce Héros, fit bien plus pour Omphale;
On l'a vû, de la main dont il soutint les Cieux,
Porter une Quenoüille & fil-- sous ses yeux.
Amans, faites toujours chérir votre présence,
Sur tout craignez les maux d'une trop longue absence;
Un Rival dangereux se sert de ces momens,
Ne vous endormez point sur la foi des sermens,
Les Zéphirs, dans les airs, les emportent sans cesse;
Tel est sûr, en partant, du cœur de sa Maîtresse,
Qui ne trouve souvent, à son fatal retour,
Que les feux presque éteints d'un languissant amour.
Le beau Sexe est souvent accusé d'inconstance,

La Mere des Amours préside à sa naissance ;
Comme elle lui fait part des traits de sa beauté ;
Il se ressent aussi de sa légereté.
Elle naquit des Flots ; une écume légere
La forma sur les bords de Chypre & de Cythere ;
Et cette fille enfin de la Mer & du Vent,
Est, comme ses Auteurs, sujette au changement.
Si cependant la loi d'une raison cruelle,
Vous contraint quelquefois à vous éloignerd'elle,
Songez à réparer par votre prompt retour,
Le tort que votre absence a fait à votre amour.
Peut-être un sort heureux, dans le fonds de son ame,
Aura porté l'ardeur d'une plus vive flamme ;
Car enfin, on le sçait, il est de tendres cœurs
En qui l'éloignement irrite les ardeurs.
Mais toujours quelqu'effet que l'absence ait pû faire,
Venez à ses genoux recommencer à plaire ;
Peignez-lui vos douleurs, racontez-lui vos maux,
Dites-lui que souvent sur de tendres ormeaux,
Qui sous le fer aigu s'ouvroient presque d'eux-mêmes,
Vous graviez votre amour & vos tourmens extrêmes,
Et que, dans vos transports, vous alliez chaque jour
Voir croître vos tourmens, l'écorce & votre amour.
Que d'autres fois aussi sur des rives fleuries,
L'Amour entretenant vos douces rêveries,
Vous traciez sur le sable avec un doigt sçavant,
Son beau nom & le vôtre en chiffre s'enlaçant ;

Que les tendres Zéphirs retenant leur haleine,
D'un souffle scrupuleux venoient flatter l'aréne,
Et que le vent discret, craignant de l'effacer,
Ne le touchoit jamais que pour le caresser.
Racontez-lui qu'alors toutes les nuits en songe,
La douce illusion d'un amoureux mensonge,
Venoit vous retracer son image & ses traits,
Et l'offroit à vos yeux plus belle que jamais.
Que séduit des appas d'un bien imaginaire,
Votre esprit se flattoit d'une vaine chimere;
Et que ces faux plaisirs, goûtés pendant les nuits,
Vous preparoient les jours des abîmes d'ennuis.
En tenant ce discours, vous mentirez peut-être;
Mais s'il n'étoit ainsi, du moins il devoit l'être;
Et ce n'est, après tout, pour faire votre cour,
Qu'un mensonge innocent, dont on charge l'Amour.
Lorsque votre Maîtresse, à vos yeux moins sévere,
Pour tromper des facheux la vigilance austere,
Et se soustraire aux yeux de vos Rivaux jaloux,
Vous a marqué le lieu d'un secret rendez-vous,
En cet heureux moment, que rien ne vous arrête;
Affrontez hardiment la Foudre & la Tempête,
Soit que la Neige aux champs tombe par gros flocons,
Ou que la Canicule embraze les moissons,
Partez, courez, volez où l'Amour vous appelle:
Si l'heure est au matin, qu'un impatient zéle
Vous y méne en sécret, avant que sur les fleurs,
L'Aurore au teint vermeil ait répandu des pleurs.

Vous a-t-elle prescrit le temps où tout le monde
Est sous de noirs pavots dans une paix profonde?
Si tôt que du Soleil les couriers ralentis,
Seront prêts de rentrer dans le sein de Thétis;
Soyez au rendez-vous. Là, prête à vous entendre,
Dites-lui dans l'ardeur qu'inspire un Amour tendre,
Qu'elle peut rendre encore un Mortel plus heureux;
Mais qu'elle n'en sçauroit faire un plus amoureux,
Et que cent fois le jour vous répandez des larmes,
De n'avoir à donner qu'un cœur pour tant de charmes:
Enfin, ne partez point de ces aimables lieux,
Qu'après l'avoir suivie, & du cœur & des yeux.

Mais ce n'est pas assez pour vaincre une Maîtresse,
D'avoir pour tout mérite une forte tendresse;
Soyez doux, complaisant, enjoüé, plein d'honneur;
On ne peut bien aimer avec un lâche cœur.
Remplissez votre Esprit de tout ce qui peut plaire,
Sortez, si vous pouvez, de la route ordinaire,
Apprenez à bien dire, & que des mots aisés
Dans vos discours concis, soient sans art disposés:
Lisez les bons Auteurs, formez-vous dans l'Histoire;
Le sçavoir en Amour sert plus qu'on ne peut croire,
Et les cœurs les plus fiers se prennent bien souvent,
A l'appas séducteur d'un discours éloquent.
Cultivez les beaux Arts, la Musique & la Danse,
L'un & l'autre en un cœur agit avec puissance;
Heureux l'Amant qui peut, au défaut de sa voix,
Pour chanter son Amour substituer ses doigts,

Et

Et par les ſons flatteurs d'une corde ſçavante,
Inſpirer dans les cœurs l'Amour qui le tourmente!
Que ne fit point Orphée avec cet Art puiſſant?
Ce fut peut d'amollir les Tigres par ſon Chant,
On vit pluſieurs Rochers, des Monts inacceſſibles
Aux Sons de ſes accens n'être plus inſenſibles.
Amans, cultivez donc le bel Art des accords:
La Muſique en nos cœurs, par de ſecrets reſſorts,
Emeut les paſſions, les excite ſans peine,
Elle y porte à ſon gré la Fureur & la Haine;
Et dans un même inſtant, par un plus doux retour,
Elle y fait ſucceder la Langueur & l'Amour.
Enfin, en cent façons, efforcez-vous de plaire,
Songez que pour l'Amour on ne ſçauroit trop faire,
En travaillant pour lui, vous faites plus pour vous,
Quelque ſoit votre ſort, il vous ſera bien doux
De joüir pour toujours des talens, que peut-être,
L'Amour ſeul quelquefois, en vous aura fait naître.
Laiſſons ces gens courbés ſous le poids de leurs ans,
Condamner de l'Amour les charmes innocens,
Et blâmer des plaiſirs que l'âge leur denie,
Sans cet amuſement, tout laſſe dans la vie.
Qui peut mieux que ce Dieu, par des charmes vainqueurs,
De la Nature en nous corriger les erreurs?
C'eſt lui, qui dans les cœurs ſoumis à ſes caprices,
Vient ſemer les Vertus, deraciner les Vices,
D'un Avare ſouvent, il fait un Liberal,
D'un lâche, un Généreux; un Civil, d'un Brutal;

Des plus grossiers esprits il bannit l'ignorance :
Voilà, voilà l'Amour, & quelle est sa puissance,
Suivez donc ces attraits, il est aux jeunes cœurs,
Ce que dans le Printems la Rosée est aux Fleurs ?
Ce qu'à de nouveaux plans, est la Pluye en Autonne,
Où le Soleil fécond, à l'espoir de Pomonne ;
Mais d'un tranquile Amour les plaisirs fortunés,
Pour les cœurs inconstans ne sont pas destinés.
Je vous l'ai deja dit, l'Ame la plus rebelle,
Sous les loix de l'Amour se range en dépit d'elle.
Tel qu'un Chêne orgueilleux, qui, bravant dès longtems,
Les efforts conjurés de la Foudre & des Vents,
Tombe à la fin malgré sa fierté mutinée,
Sous les coups redoublés d'une lente Coignée,
Tel un cœur dur & fier cede insensiblement,
Malgré tous ses détours aux soins d'un tendre Amant.
Mais aussi n'allez pas après bien de la peine,
Manquer dans votre course, & de force & d'haleine ;
On n'admet point au Prix l'Athlete dans les Jeux,
Qu'il n'ait fait jusqu'au bout voler son Char poudreux :
Redoublez donc vos soins, fournissez la Carriere ;
Déja je vois l'Amour assis sur la Barriere,
Qui pare votre front des Myrtes disposés,
Ces Myrtes si souvent de vos pleurs arrosés.
Le Champ vous est ouvert, volez à la Victoire,
Que de plaisir pour vous ! Et pour moi, quelle gloire !
Si mon Art, trop heureux, peut enfin quelque jour,
Vous faire reposer dans le sein de l'Amour.

Fin du troisieme & dernier Chant.

Vû, ce 30. Avril [illegible]. Signé, JOLLY.

Le Privilege est au Glaneur.

www.ingramcontent.com/pod-product-compliance
Ingram Content Group UK Ltd.
Pitfield, Milton Keynes, MK11 3LW, UK
UKHW020529230726
13925UKWH00005B/2257

9 782014 034769